ホタルがいるよ

高橋千恵歌集

六花書林

ホタルがいるよ　＊　目次

Ⅰ

II

Ⅲ

装幀　真田幸治

ホタルがいるよ

I

柚子湯

一滴も零すことなく浮かびたる静かの海へ手を伸ばしたり

先生と呼ばれた君も好きでしたボタンのとれた白衣をたたむ

とっぷりと柚子湯につかる今月は義歯の依頼がなんだか多い

冬ごもり春の七草数えつつ爽健美茶の歌くちずさむ

ヘソまで戻す

「それいいねドコのエプロン？」「通販よ」くるりと回るロッカー室で

ナースキティのエプロンに気づき吾に気づくゆいちゃんはママの膝の上から

手をつなぎ診療室へ「大丈夫、一緒に行こうプーさんが見てるよ」

良い子はね手はヘソの上よしそうだ小さな口にライトを合わす

鉗子を持つ歯科医師を見るおさなごの手を握りつつヘソまで戻す

消しゴムのお姉さんなり内緒だよ今日は特別ごほうび二つ

それが恋なら

ぼかしつつなじませてゆくさくらいろ涙袋にはんなりさせて

淋しいと言ったおとこの腕の中しろい果実を抱きしめている

傷つけず傷つけられず傷つかずそれが恋ならそれが淋しい

リハビリで桜に集う人々のふるさとを恋う歌を聴きたり

帰ろかな帰ろうかなと呟きぬ林檎の花が摘まれる前に

大丈夫またがんばるよお母さん悔しいくらい身体は丈夫

虫くらいなんて事なくひさかたの雨にも負けぬ千の菜の花

お化けきゅうり

水筒と白衣を入れて山間の診療室へ向かう火曜日

雨の日はトトロがとなりにいるようなバス停のある成木街道

つかの間の晴れを渡って里山の万緑の中鷺は降り立つ

先生にお渡しします採れたてのお化けきゅうりが三本届く

十二時の位置に座って歯牙を診る九時と一時も行き来しながら

水を出し空気を放ち霧も生む左手に持つスリーウェイシリンジ

パシュパシュと空気の量を加減して奥歯に少し風をかけます

セメントを練り合わすなりコンデンスミルクのように糸を引かせて

ブリッジの周りに付いたセメントをカッとはじいてスルリと剥がす

短冊に「歯医者にかかりたい」とありリハビリ室に揺るる笹なり

ホタルがいるよ

「なーんだ」と台所から声がして月に一度は帰る家なり

いつの間に背丈越したかポンキッ木ガチャピンの色ムックのかたち

頑固などとうに過ぎたる娘なり父の桂馬に歩を進めたり

おとうとが春服をドラムバッグから出して夏服詰め込んでゆく

普通とは補足のようで蛇足なり普通に良い子普通に美味い

東京へ戻る荷物の傍らにこごみとわらび置かれておりぬ

七夕を唄う少女の手を引いて夕日を引いて鴨を見に行く

ああここでメールすべきか金星と三日月くらい離れてしまう

梅雨空を一途に渡る蟬の声　シャワーを浴びてペリエひとくち

半襟を縫う手を止めて輪郭の深みゆく月見上げていたり

しっかりと両膝つけて拭き落とす背に梅雨明けをにじませながら

おさなごがぷうと風船ふくらますように無花果まだまだ実る
お母さんきゃらぶきだけで充分よたまには呑もうホタルがいるよ

歯みがき教室

合唱は岸辺を渡り夏の空リハビリ室の午後が始まる

〈施錠確認！〉〈飛び出し注意！〉病棟の厚い扉にキーを挿したり

どなたでも参加できます歯ブラシを持ってホールにお越しください

「焼肉屋さんにいるみたいだねぇ」とお揃いの青いエプロンかけて

「氷いちごを食べたみたいね」染められた赤いプラークそしてその舌

「お嬢さん」と吾を呼ぶ媼さりさりと小指を立てて前歯をみがく

歯ブラシを置いて媼はうっとりと手鏡を持ち髪梳かすなり

吾を見ると「歯みがきする」と言うおのこ　らくだのような目をしておりぬ

鏡には奥歯をみがくおのこいて眉少しずつ上がりゆくなり

ぶくぶくを十回しましょうほっぺたを風船にしてうがいしましょう

印象模型

往診の道具を降ろす午後三時つまりウロコだサバもイワシも

少しずつ印象材に水を入れなじませながら速度をあげて

パテパテと気泡抜きつつ練り込んでペースト状の印象材を盛る

左手は頭部を支え歯科医師の視線に合わす右手のライト

カマボコのような手触り口唇を軽く伸ばしてトレーを外す

無心なりストンストンと気泡抜き印象模型に石膏流す

アナログテレビ

夕暮れの壁にボールを投げている影はボールを拾いにも行く

二階にはこどもの部屋がふたつありアナログテレビ置かれたままに

しないのか出来ないのかと問う父を囲みたる山しんしん眠る

夕空に耳とがらせて雪映えの谷川岳は青みゆくなり

あえて言う一言、あえて言うなかれ　ガッとブレーキ踏みたくなりぬ

「まぁ肩のちからを抜けよ」おとうとはストレートやや高めとジャッジ

たまに来ておかわりをして昼寝して食器洗いておとうと帰る

二日ほど娘しており父母に研ぐ米二合お釜が深い

中瓶ヱビス

数え年のひとつは食みて熱湯を「の」の字に注ぐ節分豆茶

わが街のごみ袋にはレレレのレほうきを持ったおじさんがいる

ためらいも捨ててしまおう燃えるごみではなく燃やすごみの表記に

母の言うイザという時いざ知らず菜の花色の帯揚げ結ぶ

「ガッツリと短歌したいのですよね？」と問うひとに注ぐ中瓶ヱビス

バス停のないところでも手を挙げて乗れる都バスに揺られていたり

約束はしない約束

手を振ってあなたはいつもやってくる南天の実がクスリと笑う

無造作と言えば聞こえの良い寝ぐせお国言葉で「のめし」と言えり

雪うさぎ並べておりぬ東京にまだいるのかと問われていたり

来年も来れるだろうか手のひらにおさまるほどのだるまをひとつ

しゅんしゅんと湯気は立つなりあなたへと日記のような文を綴りぬ

頷いていただけの午後シーソーの距離で座った丸太のベンチ

さりげなく「あい」と言う時おろおろと短いまつげ下げてしまえり

春風の足跡ならばわが辿る野辺のたんぽぽオオイヌノフグリ

約束はしない約束春の空　目をこすったりあくびをしたり

彦星と折り寿司

「柿食えば」一人つぶやきまたひとり春のなずきにぽやんと灯る

ナースらは指折り数え鑑賞す字余りの句にこぼるる桜

〈かしわ餅〉〈かつお〉〈母の日〉スーパーのチラシを広げ季語探すなり

空欄の上五に挙手をするおみな挙手のないまま言い出すおのこ

やれ押すな六人掛けのテーブルに八人集い一句を詠みぬ

〈ち〉を書いて〈C〉を重ねて〈を〉にせんと鉛筆を持つ手を握りつつ

病棟の垣根を越えて集いたる法被のおのこ浴衣のおみな

七夕のふたりを問えば「彦星と折り寿司！」声の一生懸命

寿司折りを提げて彦星やってこいビールときゅうり冷えているから

子規の句を板書するなり声厚く読み上げらるる秋となりたり

ちえさんと手招きをするおのこいて高橋さんと呼ばれて巡る

ニタニタとクリスマスでも妖怪を詠むペンネームみどりがめ君

短冊に一句を書いて折り紙のサンタ樅の木ベルを添えたり

審査員の看護部長を招きたりリハビリ室に香るカフェオレ

病室から顔がひょこひょこ現るる俳句新聞貼りたる午後は

世話ねぇよ

爪先の小豆を拾う　庭先に広がる莚に伯母座りおり

「おばちゃんの仕事はのんきなもんだから世話ねぇよ、さぁ寄ってがっさい」

もう吾は東京のひと仏壇の伯父に供える青梅せんべい

刃を入れてすいりすいりと剝かれたる洋梨を食む「もっとおあがり」

いつ来てもちーちゃんのまま板チョコを八十三の伯母にもらいぬ

にがうりの種

トマトにも負けないわってつやつやのプジョーはキーもドアも重たい

定期券いらずの東京暮らしなりウィンカー上げて峠に入りぬ

にがうりの種こぼれたり今月も帰れなそうと母への文に

無理をして帰らなくても良いからと文添えられてお米が届く

四年目に実る栗の実くしゃくしゃの梱包の中ぱちくりとあり

梱包の古紙を広げて鬼皮に切れ込みくっと入れて剝きたり

置き傘を持ちて歩めり電線に蜘蛛の巣ありて雫こぼるる

赤とんぼ電線に身を重ねたり翅の向こうに空を広げて

真ん中の二羽遅るれど列をなし雁渡りたり西の空より

うどんの耳

東京のどこを示した〈東京〉か月夜野からは二百キロなり

無花果も紅葉も朽ちて年々に遠ざかりたる庭を巡りぬ

おひさまの傾く前に戻らんとボストンバッグ肩に掛けたり

「東京にもう戻るのか？かあさんのうどんを食べてから行きなさい」

ほぐしたる黄身を絡めて啜りたりうどんの耳は最後に食べよ

「小分けにして冷凍しなさい」小松菜を母さいさいと湯にくぐらせて

差し入れの苺ふるまう昼休み皆の耳立つ〈い〉のアクセント

〈い〉の口はみがけています〈あ〉の口の奥歯をみがき直しましょうね

歯ブラシを奥歯にあててみがきたるおのこはむにりと頰をつまんで

花びらのように散りたる塵を取る義歯の調整終えたる後に

つきみそう

オーブンはあくびをしたる吾を映しひよこのようなシュー膨らます

シュー生地を冷ます午後なり歳時記の〈春〉にあくびを探しておりぬ

ぼけなんて呼ばないでって庭先の挿し木ぽけぽけ地に赤ひらく

橋脚に光まろびぬ飛び降りて脚じんじんとさせたい春だ

春泥や厚底になりたる靴でずいずいずっと橋を渡りぬ

土踏まずをくすぐるようなよもぎなり細かき銀の毛を地に伏せて

刻むたび黒くなりたるふきのとう鍋に〈ち〉の字のごま油ひく

ふきみそを月見草って聞くきみと明日は向こうの山まで行こう

下町のナポレオン

下町のナポレオン振りかけており南高梅の二キロを漬ける

香り立つジップロックの漬け梅を朝な夕なに揺らしておりぬ

もみ紫蘇と漬け梅を干す土用なり「昨日干したよ」「今朝干してきた」

炊きたてをボールに移し梅干しと大葉を混ぜてほっほと握る

縦じまの冷やしきゅうりに招かれて味噌こんもりを吾も崩せり

きんぴらにごま和え花豆それぞれの弁当箱の蓋にのせ合う

追伸

零れ落ちてもさくらはさくら　ざっくりと東京の土掘り起こすなり

雨上がり人差し指で穴をあけ春の地球に種を蒔きたり

ひまわりをあげたい人ができました追伸に書き消してまた書く

コットンのブラウスを干す五月なり飛行機雲の伸び行く空へ

惜しみなく蟬の鳴きたる昼日中ミニひまわりをぷつと切りたり

ひまわりを二輪抱えて吉祥寺北口で待つ　早く気付いて

Ⅱ

まいどおおきに

〈宮仕え〉〈プチ留学〉とも言われたり三ヶ月ほど京へ研修

電柱に〈きけん〉〈とまれ〉の多い路地また振り向いて自転車を漕ぐ

ローソンのおでんを置いて部屋干しのヒートテックの腕を揉みたり

小刻みにフットペダルを踏みながらシュンシュン歯面研磨をしたり

「まいどおおきに」と返さる朝刊を買いたる時も治療の後も

しばらくは電話をかけてこないでと二十一時の着信〈母〉に

「泣き言をおまえも言うことあるんだね」らくらくホンの母も泣きたり

葉桜の頃までやがな前山に似ている山に吾も笑えり

折り返し地点の京都暮らしなりとう、上がりたる吾がありがとう

六地蔵行き

外環を〈そとかん〉渋谷を〈しぶたに〉と読んで研修二ヶ月目なり

「王将もテンイチもなぁ東京とちゃうで京都が一番うまい」

茹で上がる麺の匂いにつまるなり「ラーメンだけは付き合えません」

「人生の半分損をしとるで」と言われて啜るラーメン（こってり）

こってりの胃を引っさげて見つけたり寺町通りの三月書房

歌集五冊を背負いつつ六地蔵行きに乗り換えようやく座る

醍醐寺の鐘

ペダルから足を下ろして青を待つ球児乗りたるバス通りたり

平安の校歌と共に「よっしゃあ」が待合室から診療室へ

ママの手を握りたる子に「歯医者さんで賢くできる子手を挙げて」

歯ブラシにフッ素をつけて萌え出ずる六番臼歯の溝をみがきぬ

醍醐寺の鐘が帰宅の合図とうみーちゃんの乳犬歯揺れおり

靴下のツムツム見せてもらいたりガチャピン・ムック知らぬおさなに

むぐったい研修の日々「東京から来はった歯科衛生士さん」

わらべ地蔵

タクシーの窓より望む洛中のさくらを抜けて大原へ行く

シャッターの音響きたる参道に白しんなりと開く木蓮

「昔はなぁ三千院もぎょうさんの観光バスが来はったんや」

しっかりと六番〈凶〉を結ぶなりむすむす苔の広がる庭に

陽だまりのわらべ地蔵はにんまりと頬杖ついてうつ伏せており

おはようさん

「おはようさんなんや仕事か?東京のねえちゃん競輪選手みたいやな」

飴ちゃんをみっつ持たされ日曜の旧奈良街道ゆるゆると漕ぐ

席ひとつ詰めてもらっておとーさん今日は寒いしたぬきがいいな

花散らす雨に濡れたる肩並べ刻みお揚げのうどんを啜る

どん突きを右の鏡に映りたる髪より桜しべ零れたり

天井の扇風機指す人らいて鶯色の奈良線に乗る

東京にいる時よりもなんとなく異国の人と目が合う京都

季語探しつつ歩きたる境内で身重の猫とすれ違いたり

宇治川の鵜が飛び立ちぬ自転車と電車を春の季語に入れたい

ツバメさん

軒下の藁くずを掃き（ツバメさん来たはります）と口パクをする

またの名をモダン焼きとうまんぼ焼き卵黄にコテを入れて食むなり

十割がこってり、でした粉もんの好きな上司の「食べさせたいんや」

ミーハーと言われてもなお持ち歩く御朱印帳が二冊目に入る

二〇〇円納めて吾も城主なり鶯張りの廊下を行かん

時に蟹歩きしながら鑑賞す一〇〇一体はくびれも違う

巻物を抱く狛鼠ミッキーと同じくちょっと横から撮りぬ

百万歩達成したり休日はラクチュウラクガイ巡る三月《みつき》に

京都スピンオフ

やわらかに花びらこぼす枝先の赤い葉脈緑となりぬ

たっぷりは深さでしょうか　この三月《みつき》わが身流るる近江のうみは

それぞれにおススメ京都持ちながら「お伊勢さんには行かなあきません」

八つ橋でソフトクリームふふみつつ押せ押せ伊勢に連れられてゆく

音感も表記も揃う五十鈴川スカートの裾避けてしゃがんで

「あかんあかん、法隆寺より大仏や」追加のカルビを網に並べて

指原莉乃《さしこ》似のバスガイドさん学生に一句読み上げ作者を問えり

一番の芭蕉二番の一茶にも挙手の男子もいて法隆寺

大阪の天気をいつも見ていたと京都の吾に母は言いたり

セーターを丸めてたたみ段ボールみっつに三月《みつき》の研修を閉ず

Ⅲ

ひめじょおん

高崎を過ぎて眺める夕闇に赤城のすそ野はろばろとせり

降り口の窓に寄りたりあまそそる谷川岳に峰ふたつある

もうひとつ買うことになりそうだよなハズキルーペを母に贈れば

電線を弛ませ土鳩鳴いており雲間にも雲広がる朝に

春の野に出でたる歌を好きといい母は蓬を湯がいておりぬ

陽だまりの伯母の家までひめじょおん弾き飛ばして草餅持って

霧雨の上がりたる朝ふかぶかと三国連山あくびしており

はつなつや職を退きたる父と打つうどん泥鰌のようになりたり

これからがいいとこだって言われても稀勢の里より小遊三だろう

ゆるやかにハンドルを切り両腕に葉桜の影走らせてゆく

赤松の木立の間より望むなり谷川岳の雪形の馬

利根川に夏来たるらしたてがみのような白波たてて流るる

求人〈僧侶〉

指先を揉みながら塗るユースキンだからだからの冬がはじまる

置き所なき雪をまた積み上げるまだペン握る余力はあるぞ

明け方に雨となりたり電線に積もりたる雪ばさりと落ちぬ

主に腰ときに肩にも貼る湿布つばさが無くてホントよかった

インスタに焼き鯖サンドをアップしてお気楽ひとり部署の昼なり

一呼吸おいて外線4を押す（しなりすぎれば折れるぞ竹も）

春雷の尾っぽ震える夕っ方　好きなおとこの前で泣きたい

じっと手を見てもノルマは越えられぬ梅干し詰めて俵に結ぶ

宿直の人にＩＤ提示してエラーチェックの赤をクリック

ちぎりたる蒟蒻じっじゃ炒めたり〈会うだけでいい〉話を蹴って

何もかも捨てたい夜に検索すハローワークの求人〈僧侶〉

「んでそれで?枝豆頼む?」金曜のグラスにビールまた注がるる

未婚女子メリットですか?父母と同じお墓に入ること、とか?

上げ底の蕎麦を三口で啜りたり〈別れのワルツ〉に包まれながら

割り勘でいいんだけれど繋がない手だしリュックのベルトを握る

尼さんも就職難と諭されて初夏の夜に降る星を拾いぬ

猫の髭みたいなもんさ二日月のように残した爪磨きたり

ほのじろい月浮かぶ朝１Ｋのシンクに砂を吹き出す浅蜊

なぜみんな家族になりたがるんだろ柿の若葉の露に触れつつ

さえずりに今日はどこまで？どこまでも帽子の紐の留め具を上げて

月がきれいだから

紅白歌合戦の観覧応募外れたり八九一倍だって

吹き付ける風にスピード落としつつ赤城トンネル抜けて雪なり

如意寺から六つ目の鐘鳴り渡り『山谷集』に栞を挟む

五年ぶりに家族四人が揃うとぞ雑煮の椀の蓋も磨きぬ

見たという狐を探し見渡しぬ金比羅峠に続く雪道

まぁ少しくらいだったらつまれてみたいと思うおおつごもりに

歌手の歯を見てはあーだのこーだのと煙たがられて年を越したり

「もう後期高齢だから」ちちのみの父ほろほろと年酒を啜る

初夢とうつつのあわいに声がする「月がきれいだから起きなさい」

半纏に首をすくめて見上げれば金星に添う細き月あり

はのおはなし

しらたまの、とまでは言わずもう生えてこない歯二十八本みがく

不揃いな門歯であるが首伸べて食みたし吾も柿の若葉を

口元に白糸を寄せ切る母にしんしん秒針降り積む夕べ

何もまだ言ってないけど逆にって　手前の臼歯すり合わせっつ

反りながら奥歯も見せて笑いおりいけしゃあしゃあと今夜も呑むねぇ

今まさにそーじゃん

改札に人あふれたりスマホから顔を上げたる友に手を振る

「うん、ダメなにおいがするね」ロコモコのポーチドエッグに箸を入れつつ

それぞれの入りたる個人年金を比べておりぬ未婚の吾ら

鉄分を補うように歌うなり松任谷由実の真夏の夜の夢

お互いに思わずズッと吸い込んでフレッシュバナナジュースを飲みぬ

むせながら「今まさにそーじゃん」と言うほそーく長く生きたい吾に

まだ擦り合っているなりそろばんをサボって漕いだブランコの日を

だぼだぼの靴下履いて聴いていた宇多田ヒカルもアラフォーになる

「そこは聞かないでおくか」をふたりともバッグに入れる月を見つけて
雲梯をひとつ抜かしで渡り切るような少女じゃなかった今も

錦の天神さん

んー、特に会う約束はしてないし一人で行くし春だし？京都！

「え？？東寺？めっちゃシブいよぉ」ももいろの膝突き合わす名古屋のおきゃん

ひさかたの空色ＩＣＯＣＡチャージして烏丸線の風に紛れる

蹴上インクラインも二分咲きか　なのになのにの陽だまりを踏む

早咲きに声が集いぬ哲学の道へと続く小路の先に

鴨川に来ては見つめていた春よたった三月《みつき》の洛外暮らし

はも天を食べてから行く蛸薬師さんも錦の天神さんも

御朱印をRed Sealと訳したる天満宮の牛と目が合う

頭から脚の先まで滑りありそうな木彫りの蛸を撫でたり

湖の西へは行かず湖の青さを広げ乗るコセイセン

アクセントの位置を踏みつつ行く東寺　西の当時と東の冬至

もう少し押せば来たかもしれないな古都千年の試飲をしつつ

プジョーに積みぬ

二週間遅れて渡す鉢植えのカーネーションもプジョーに積みぬ

「アカシアも美味しいんだよ」たらの芽と柿の葉からり母は揚げおり

もうひとつ泊まろうかなぁ一人では揚げぬ天ぷら囲んでつまむ

眉尻の一本長しこのところ何も問わない父の眉毛は

小田さんのコンサートなら行きたいな宇多田ヒカルは「ふーん、」の母も

アリーナをマイク片手に走るなり七十一歳の小田和正は
モニターに映る人らも「YES-YES-YES」ピンクのうちわ2枚の「長」「寿」

ゆうがお

荒草を踏みかき分けてはりねずみのようなゴーヤをてのひらに乗す

川底の石晒さるる日盛りにニホンカモシカ四肢を浸しぬ

夕立の雫のようなゆうがおをポンと叩けば雲湧き上がる

涼風に触れる日傘を回しつつ美術館への坂道下る

秋近しみどりのキャップのボルヴィック飲むきみからの葉書が届く

しりもちをついて見上げる秋のそら安納芋を引っこ抜きたり

たいふうふう

開ける気になれぬ窓なり夕べから滝のふもとに住んでるようだ

馬を見に行くハズだったGジャンを仕舞いウインドブレーカーを出す

聞かれると不安に変わる〈大丈夫〉特別警報発令されて

食料と防寒用具は持参とう住所を書いて避難所に入る

子どもらは「たいふうふう」と雨漏りのバケツ囲んで階段駆けて

「よかったら隣にどうぞ」それぞれの衣類のにおい広がるフロア

貰いたるこんにゃくバームクーヘンにふるさとを告ぐ「あら私もよ」

座布団にタオルを敷いて横たわる　こんな匂いか日々の私は

目覚めると人のまばらなフロアなり二十三時に風雨は止んで
うっすらと雲に月光滲みおり「またどこかでね」はい、きっとまた

夢十二夜

はつゆめの指長き手がお茶碗と箸をきれいに持っていました
ライターもお金もないし信号が青になったしごめん、おばさん

負けたって良いんだきっと耳たぶを溶かす日向を春と呼ぼうか

Kindleを手繰る背中に風光るねえねえお腹すいたぞなもし

そういえば、恋人と来たことがない岬で掬うジェラート　はつなつ

ひったりと耳をあており読みさしの『こころ』置かれたままの机に

筆名で呼び合う午後にシロップの輪切りレモンをゆっくりと食む

太らないアイス嚙みおり「あー」と言い前歯をすぅとさせたるきみと

モヒートのミントもひもひさせながらまだ会っているおとこと呑みぬ

ため息をつくくらいなら三兎追う心積もりで二兎くらい追え

えっ?寝落ち?どこまで読んで?第五夜の、ゆめ…一の酉の鳥居を抜けて

真ん中のカツを一切れもらいたり師走半ばの土曜の昼に

餃子の羽

雲ひとつ無い空の下きみを待つ嵐雪の句をあたためながら

転がって丸くなりたいわたくしと苔生す石になりたいきみと

しゃべったり黙ったりして春の空さびしかったら一緒にいない

この前の餃子にしない？パスタとかオムライスとか言わないでおく

手に職があるから別に独りでも餃子の羽をサクッと崩す

ドーナツのように話をするきみに餡ドーナツを投げ込んでやる

肯定を求めていない星月夜インクのブルーブラック滲む

かなかなの声染み通る明け方にきみの『それから』読み通したり

交差する飛行機雲を眺めつつ添い遂げるっていいものかしら

風みたいに生きてみたいな時々はドンと背中を押したりもして

カレーでも食べにおいでよ本棚に村田沙耶香も揃っているし

跋　カレーでも食べにおいでよ

――高橋千恵『ホタルがいるよ』を楽しみながら

三枝昻之

（一）

群馬県立土屋文明記念文学館、それが高橋千恵さんと私の出会いの場所である。私は平成八年夏の開館時から二十七年度まで県民向けの短歌講座を担当しており、文明の故郷だからか、熱心で表現センスのある受講生が多く、一期生には里見佳保がいる。その講座に平成二十年から高橋さんが参加したのである。最初の提出歌が「陽のカケラ散りばめ揺れる海原へ走る私と白いサンダル」。若さが少々前のめり過ぎる点が微笑ましいが、そこから高橋さんとの繋がりが始まった。

講座資料作成のために受講生の歌をパソコンに打ちこみながら、おやっと目が留まったのが三度目提出の「先生と呼ばれた君も好きでしたボタンのとれた白衣をたたむ」だった。下の句の行為が「好きでした」という振り返りに確かな輪郭を与えているからで、この子は伸びるかも知れない、と感じた。

遠まわりばかりを選ぶぶきっちょは親譲りだが損はしてない

翌月提出のこの歌は結句のほのぼのと前向きな姿勢に共感させる力があり、早くも講座の注目株となった。

ほどなく職場を東京に移したのは「本格的に短歌を始めたいからですよ」と受講生仲間が話してくれたが、「りとむ」では既に平成二十年十一月号から活動を始めているから、説明通りに、よりよい作歌環境を求めての上京だったのかもしれない。

大丈夫またがんばるよお母さん悔しいくらい身体は丈夫

高橋さんは故郷の月夜野から上京後も数年は土曜日の講座には参加していて、その上京後まもなくの講座提出作品だ。親元を離れての東京暮らしは慣れないことばかり、しかも

「また」だから、少し落ち込んだのだろう。愚痴を伝えたのか、心の支えである母を思いながらの自問自答か、どちらにも読めるが、母へ伝える言葉が、特に「悔しいくらい」がいい。そこには「でも、めげないよ」というメッセージが籠もっていて、私が親でもなんとか納得したい気持ちになる。

『ホタルがいるよ』のゲラを読みながら、高橋さんとの出会いを思い出し、パソコンに保存してある群馬歌会の詠草を呼び出してしばし懐かしんだ。歌集に収録しなかった歌も引用しているから、たぶん本人には迷惑だろうが。

（二）

何時のりとむ東京歌会だったかはっきりしないが、高橋さんが出した次の歌に悩んだことがある。

ライターもお金もないし信号が青になったしごめん、おばさん

まずどんな場面か、次にテーマは何か。作品を読むときの心構えを私はいつもそう説く。東京歌会でもそうしている。ところがこの歌のこの場面にはうまく焦点が合わない。「お

金もないし」だから街角でなにか買わされそうになった。けれどタイミングよく信号が変わってうまく逃れた。そんなシーンと感じるが、「ライターも」が戸惑わせる。煙草屋のおばさんにつかまりそうになった?、でも今ではありそうにない場面だ。

一こまマンガの吹き出しだけでできている一首と言っておくが、こうしたスタイルの歌は歌人たちにも少なくない。一首だけ思い出してみよう。

「酔ってるの?あたしが誰か分かってる?」「ブーフーウーのウーじゃないかな」

穂村 弘『シンジケート』

親しい男女の問答、さてどんな場面を当てはめるか。作者と討論したとき、私は酔って恋人のワンルームマンションを訪ねた場面、作者自身は「後からお話をくっつけると」と断りながら、保母をしている女友達の幼稚園の運動会に誘われ、酒を飲んで眠っちゃった場面を当てはめている(『現代短歌の修辞学』)。歌は場面を示さないがそれぞれの形で想像できる。それがこの歌の魅力の一つだが、高橋作品にはそこがうまく見えてこない歌が少なくない。

「おばちゃんの仕事はのんきなもんだから世話ねぇよ、さぁ寄ってがっさい」

「おはようさんなんや仕事か？東京のねえちゃん競輪選手みたいやな」

　これからがいいとこだって言われても稀勢の里より小遊三だろう

　おばちゃんはなぜ世話ねえのか、なにをしているのか、寄っていってもとりつく島はなさそうだし。二首目の競輪選手みたいなねえちゃんはどんな格好でなにをしているのか。三首目は結びの三番ぐらいになった大相撲中継のチャンネル争いだろうか。どれもよく見えないが、ではそれで歌としてだめかとなると、そうは決められない。歌には歌詞も大切だが、曲はそれ以上に大切。そんな尺度が浮かんでくるからだ。高橋さんの掲出四首はどのセリフも生き生きとしていて気持ちがいい。つまり歌のテンポがこころよい。おばちゃんは気っ風がよさそうだし、「東京のねえちゃん」と声をかけるおじさんからも屈託のない親近感は伝わってくる。小遊三へのこだわりはかわいい。場面の焦点が定まらない表現にも定まらないからこその魅力がある。掲出歌はそう教えている。それを高橋千恵の「吹き出し短歌」と呼んでおこう。

　全体をわざと欠いたままのこうした歌の表現法は東直子あたりから広がったように思うが、そうした若い歌の風向きが『ホタルがいるよ』を支えている新鮮さの一つだろう。

（三）

この歌集にはさきほど指摘した「吹き出し短歌」に近い歌が少なくない。仕事の歌から例歌を示してみようか。

良い子はね手はヘソの上よしそうだ小さな口にライトを合わす
消しゴムのお姉さんなり内緒だよ今日は特別ごほうび二つ
ぶくぶくを十回しましょうほっぺたを風船にしてうがいしましょう
〈い〉の口はみがけています〈あ〉の口の奥歯をみがき直しましょうね

同じ吹き出し短歌でもこれらからは歯科衛生士という仕事現場の場面がよく見えてくる。患者への語りかけの歯切れがいいからだ。一首目は「良い子はね」と語りかけるから手が素直にヘソの上に置かれる。二首目は「内緒だよ」が子どもに特別感を与える。三首目は介護施設の歯科治療を思わせる語りかけ、〈あ〉の口の奥歯は私もよく注意を受ける。場面の説明よりも語りかけ。その生き生きとしたテンポがおのずから場面も浮かび上がらせる。

これらの仕事現場から見えてくる高橋さんの明るさと健やかさは歌会などで会うときのいつも前向きな高橋さんでもある。ところが歌集には次のような歌もあるから、歌仲間といえども人の内面はわからない。

じっと手を見てもノルマは越えられぬ梅干し詰めて俵に結ぶ
何もかも捨てたい夜に検索すハローワークの求人〈僧侶〉
尼さんも就職難と諭されて初夏の夜に降る星を拾いぬ

歯科の現場にもノルマがあるのだろうか、それとは別のごく個人的なノルマだろうかと心配になるが、お握りを俵結びにする行為が自問をよく支えている。その繋がりで読むと転職を手探りし、その尼さんという選択に驚かされる。私の中の高橋千恵像とあまりにもかけ離れているからだ。手探りした結果が就職難という一件落着がなぜか微笑ましい。

（四）

この歌集の一つの柱は故郷の家族との対話で、いい歌が多い。高橋さんは北に山岳地帯が控える月夜野の人。県立土屋文明記念文学館の仕事で出前授業に行った今野寿美がいたく気に入り、帰りの車で「月夜野に住もうかしら」と係の人に言ったら「あそこは雪国ですよ」と教えられてすぐに思い直したと、そんな話もあるところだ。ともかく月夜野から県立土屋文明記念文学館の私の短歌講座に月に一度通い、上京後も数年間受講を続けたのは終了後に実家に帰るのに都合がいいから、だったのではないか。

お母さんきゃらぶきだけで充分よたまには呑もうホタルがいるよ
「東京にもう戻るのか？かあさんのうどんを食べてから行きなさい」

高橋さん得意の吹き出し短歌。母は愛娘につまみをあれこれ作りたいけれど、娘は母とのなんでもない会話をつまみに呑みたい。そんな誘いを滲ませた「ホタルがいるよ」がいい。二首目は帰る間際にも食べさせたい。いかにも母の心遣いだ。水沢うどん、館林うどんなど、上州はうどんの国だということも思い出させて、メニューもいい。二首とも語りかけの言葉だけだが、それだけで十分、混じりっけなしの母と娘の絆があたたかい。

東京へ戻る荷物の傍らにこごみとわらび置かれておりぬ

たまに来ておかわりをして昼寝して食器洗いておとうと帰る
二日ほど娘しており父母に研ぐ米二合お釜が深い
如意寺から六つ目の鐘鳴り渡り『山谷集』に栞を挟む
もうひとつ泊まろうかなぁ一人では揚げぬ天ぷら囲んでつまむ

一首目はごく自然な母の気持。こごみとわらびは山国ならではの配慮だろう。二首目の弟も家を出ているようだが、おかわりと昼寝に加わる「食器洗いて」が〈おや、殊勝な弟〉と思わせる。三首目はまだ家族が賑やかだった時代から父母二人に変化した暮らし。暮らしは変わったのにお釜は変わらない。そうした時間の推移を見つめてさりげなく洩らす「お釜が深い」に味わいがある。四首目は実家での年越し。郷土の大歌人の歌集を読むところが殊勝だが、『山谷集』がどこか実家の地形をも思わせて効果的だ。四首目は天ぷらをつまみながらの「泊まろうかなぁ」が軽やかに揺れる心を生かして心憎い。

高橋さんは車を飛ばして、しかもどうやら真っ赤なプジョーで月夜野へ帰っていたようだが、ほどよいその距離感が故郷や家族との独特の近しさを生んでいる。「しないのか出来ないのかと問う父を囲みたる山しんしん眠る」と心配させながら。そして「大丈夫またがんばるよお母さん悔しいくらい身体は丈夫」と健気を装いながら。

(五)

傷つけず傷つけられず傷つかずそれが恋ならそれが淋しい
春雷の尾っぽ震える夕っ方　好きなおとこの前で泣きたい
だぼだぼの靴下履いて聴いていた宇多田ヒカルもアラフォーになる
たっぷりは深さでしょうか　この三月《みつき》わが身流るる近江のうみは
交差する飛行機雲を眺めつつ添い遂げるっていいものかしら
カレーでも食べにおいでよ本棚に村田沙耶香も揃っているし

ここにあるのは青春の手探り編といったおもむきの世界。宇多田ヒカルがだぼだぼの靴下を履いていたかはわからないが、高橋さんは履いていただろう。履いて高崎辺りを闊歩していただろう。あこがれの女性の年齢とその人生軌跡をたどりながらも、そこから浮かび上がるのは自分の軌跡であり、今の自分への問いである。近江の歌は京都での研修生活の一首だが、河野裕子の「たつぷりと真水を抱きてしづもれる昏き器を近江と言へり」に問いを返している。その「深さでしょうか」にはおのずから自分への問いが含まれているように感じる。そして、それがより直截な問いとなったのが「添い遂げるっていいものかしら」だろう。

人生のどんな途上にも途上なりの問いがあり、手探りがあるが、ここには三十代がたぶんもっとも迷う問いがあり、切実な岐路がある。ある意味では普遍的なその問いを高橋さん特有な軽みを帯びた語り口につつむところに、この青春歌の特色がある。

カレーというメニュー、そして三十六歳未婚の主人公の「コンビニ人間」の村田沙耶香。歌集巻末歌は誘いに乗って食べに行きたくなる軽やかさだ。この作者得意の吹き出し短歌で閉じるところも心憎い。

群馬県立土屋文明記念文学館の短歌講座で出会って今年で十二年になる。つねに好奇心を広げるその作歌姿勢がたのもしい。

令和二年七月

あとがき

それは二〇〇八年のこと。短歌を学びたいけれどもどうしたら良いのか?と、考えてみた時に「あっ、」っと浮かんだのが母校の、沼田女子高等学校の校歌を作詞したのが歌人の生方たつゑ!であった。

思い立ったら吉日!の私はさっそく沼田市にある生方記念文庫を訪れた……、なんてもんじゃなく、ほぼ毎週土曜日の午後、仕事が終わると通っては生方たつゑ『短歌へのいざない』などを読み、過ごしていた。そんな私に当時、お勤めされていた登坂正子さんが「若いのだから歌人の先生に短歌を習った方が良いわよ!」と背中を押してくださり二〇〇八年の四月、高崎市にある群馬県立土屋文明記念文学館の短歌講座にて三枝昻之先生と出会ったのである。そしてテキストに取り上げられた作品を丁寧にお話してくださる三枝先生の講義にすっかり魅了された私…。泥つき大根の私は(神奈川から来てくださる先生…。行きも帰りも長旅でお帰りの際はお腹が空くかもしれない）翌月の講座の朝、早くに起きてせっせと炭酸まんじゅうを作り（小豆あんこは前日に作った）冷まして包んでお手紙も添えて講座へ行ったのだった。そして講座が終わったあとに教壇へ走って行き「先生！よかったら私の作ったまんじゅう、食べてください」とお渡しすると

「世の中でたったひとつのものですか？」

と尋ねられた私にビリリッと衝撃が走った。（私のまんじゅうにこんな素敵な言葉をかけてくださるなんて…毎月、何があっても絶対に通って三枝先生の元で短歌の勉強しよう！）と心に決めたのだった。そしてその年の秋にはりとむ短歌会に入会させていただき締切がある、という暮らしがはじまった。

それから隔月で送られてくる「りとむ」を読み、月に一度の短歌講座に通いながら「東京の歌会に出てみたい」という気持ちが膨らんできた私。二〇〇九年の夏、転職と共に上京した。群馬を出ることも一人暮らしをすることも初めてのことだった。

二十七歳だった。

＊＊＊

本歌集は二〇〇九年から二〇二〇年までの作品三〇七首をほぼ、制作順に収めている。

Ⅰは主に歯科衛生士としての職業詠を中心に。Ⅱは二〇一六年の年明け、三ヶ月ほど仕事の研修にて滞在した京都での日々を詠んだ作品を収めている。滞在期間は三ヶ月だったのだが京都という土地、風土から大いに刺激を受けた私は東京に戻ってきてからも「これでもか！」ってくらいに、一年ほど「りとむ」に発表し続けていたのであった。Ⅲは「りとむ」に発表した作品の他にりとむの有志と一年に一度、刊行している同人誌「さんごじゅ」に発表した作品なども収めている。

歌集上梓にあたり沢山の方々に感謝の気持ち、ありがとうを伝えたいです。

上京したばかりの頃から東京歌会にてあたたかくご指導くださる三枝昻之先生、今野寿美先生。三枝昻之先生には大変お忙しいなか跋文をご執筆いただき、心からお礼申し上げます。

また歌会の際には和嶋勝利さんをはじめ先輩方や仲間たちに、どんな時も励ましていただけたからこそ続けてこられました。

そして現在、りとむｉｎりとむにて選歌をしてくださる田村元さんには歌集を編む際に的確なアドバイスをいただきました。

出版にあたり六花書林の宇田川寛之さん、装幀の真田幸治さんにはご尽力いただきました。心よりお礼を申し上げます。

今、こうして歌を編む作業をしながら…青梅市で過ごした十一年を振り返っている。と言うのも、この春、車を手放して生活をしてゆく事を機会にさいたま市への引っ越しと共に転職をしたのだ。

私は仕事にも周りの人々にも豊かな自然にも恵まれて、あっという間の楽しい十一年を過ごす事が出来ました。どうも、ありがとう。

二〇二〇年七月

高橋千恵

略歴

高橋　千恵（たかはし　ちえ）

1981年　群馬県利根郡月夜野町（現、みなかみ町）生まれ
2008年　りとむ短歌会入会
2018年　りとむ二十首詠入選

ホタルがいるよ

りとむコレクション115

2020年8月25日 初版発行

著 者——高 橋 千 恵

発行者——宇田川寛之

発行所——六花書林
〒170-0005
東京都豊島区南大塚3-24-10-1A
電 話 03-5949-6307
FAX 03-6912-7595

発売———開発社
〒103-0023
東京都中央区日本橋本町1-4-9 ミヤギ日本橋ビル8階
電 話 03-5205-0211
FAX 03-5205-2516

印刷———相良整版印刷

製本———武蔵製本

定価はカバーに表示してあります
ISBN978-4-910181-08-0 C0092